Marine Masset

HYMNE À LA VIE
Avec tout mon amour
D'après les mémoires de Claudie Penel

© 2021, Marine Masset
Édition : BoD – Books on Demand,
12/14 rond-point des Champs-Élysées, 75008 Paris
Impression : BoD - Books on Demand, Norderstedt, Allemagne
Dépôt légal : Octobre 2021

© Mathilde Ghékière : photo de couverture ; photo du collier p. 41.
© Marie-Lou Delforge : photo de quatrième de couverture.

ISBN : 978-2-3223982-8-7

Que nous nous connaissions de près ou de loin, je suis touchée par votre sélection !

Je vous souhaite une bonne lecture de ce premier roman autobiographique.

Marine

« Rien n'est plus vivant qu'un souvenir. »
Federico García Lorca

Ce roman est dédié à la vie de ma Maman.

Et un jour, tout commence...

    Il y a plusieurs années, lors d'une conversation parmi tant d'autres avec Maman, nous lançons une discussion au sujet de nos projets, de ce que nous souhaiterions accomplir dans notre vie. Je me souviens parfaitement de ce samedi après-midi. Nous étions en voiture, il faisait grand soleil, et nous partions chiner chez Emmaüs en espérant faire de jolies trouvailles, un des passe-temps favoris de Maman depuis toujours...

    Ce jour-là, je commence par chercher ma « to do list », déjà dressée dans mon téléphone ; et j'énonce la liste de mes envies : j'évoque les voyages, avec l'Australie, des challenges sportifs tel le GR20 en Corse, l'initiation d'une nouvelle discipline comme le Yoga, et l'envie d'acheter un van pour sillonner les routes de France...

Je lui confie aussi mes objectifs professionnels et ma perception de la vie en général. Maman me regarde et sourit. Je lis dans son regard son approbation et son adhésion à tout cela. Elle aussi, elle a déjà mûrement réfléchi à ce qui la comblerait. Elle pense, d'abord, à repeindre la maison et à peaufiner la décoration intérieure. Elle profite de ce moment pour me demander un coup de main et l'orienter vers les dernières tendances, les couleurs et les styles. C'est un grand « OUI », tout en spontanéité et enthousiasme, qui sort de ma bouche. J'ai tellement hâte de pouvoir partager ce moment avec ma Maman.

Ensuite, elle vient à m'expliquer ce qui lui tient vraiment à cœur : elle estime que sa vie a toujours été atypique et elle souhaite écrire son propre livre, son parcours de vie, son autobiographie. Je trouve cette idée extraordinaire, elle lui correspond tellement ! Je l'imagine, déjà installée dans la mezzanine de la maison, assise face à un beau bureau, deux tréteaux en bois où reposent une large vitre, son ordinateur, et un bon thé chaud à la main, à se souvenir de sa vie, à chercher les belles tournures de rases, à trouver les bonnes idées pour accrocher les futurs lecteurs. À cette perspective, mon regard s'illumine : Maman, célèbre écrivaine.

En juillet 2018, quelques mois après cette discussion, nous faisons face à une terrible nouvelle. Maman est atteinte d'un cancer. Elle nous protégera dans un premier temps de ce verdict, en pensant qu'elle pouvait gérer, seule, cette étape. Mais nous comprenons vite que le petit problème gynécologique s'avère être plus grave que cela.

Mon frère rentre d'urgence du Canada et nous nous organisons immédiatement autour de cette maladie. Maman est prise en charge très rapidement par le cancérologue, qui préconise une opération, suivie d'un traitement de radiothérapie.

Maman se remet très vite sur pied. Elle, qui a toujours été très positive, redouble d'énergie et d'envie de vivre. Après plusieurs semaines de combat, Noël approche déjà à grands pas... Cette mauvaise aventure est désormais derrière nous. Mais cette épreuve de la vie nous a profondément marqués, la maladie a frappé à notre porte sans crier gare. Cette étape nous a renforcés et encore plus soudés. Notre lien était déjà très fort, mais il s'est encore amplifié.

Je repense alors à cette discussion que nous avions eue quelques mois auparavant ; et c'est tout vu : sous le sapin, un nouvel ordinateur attendra Maman, ça sera le clin d'œil pour qu'elle débute le récit de sa vie.

Les mois passent et Maman se consacre au rythme intense de son travail, à la décoration et à l'entretien de la maison. L'ordinateur est précieusement rangé, attendant « le moment » où l'inspiration sera là... Je sais au fond de moi que ce projet, elle l'accomplira.

Arrive la fête des Mères, un petit paquet l'attend sur la table, dressée pour notre déjeuner mère et fille. Maman le déballe délicatement, il contient un guide Lonely Planet de Rome et une carte indiquant la fameuse citation de Federico García Lorca : « Rien n'est plus vivant qu'un souvenir », accompagnés d'un petit mot : « Afin de continuer à créer nos souvenirs, nous partons quatre jours à la découverte de Rome. Bonne fête Maman ». En découvrant cela, les yeux de Maman, touchée par ce cadeau, se remplissent de larmes de joie. Elle essayera tant bien que mal, de me dire : « Alors, c'est bien vrai, nous partons à Rome ? », avant que nous fondions toutes les deux en larmes.

C'est ainsi que nous partons, dans le courant du mois de juillet 2019, en visite de la sublime capitale italienne, riche d'illustres constructions, d'histoire du monde, d'art, de somptueuses églises dont Maman se passionne tant, et surtout riche de bons petits plats, de délicieuses glaces et d'excellents vins italiens !

Dans le même temps, mon frère Charly et sa copine Faustine, après deux années passées au Canada, rentrent définitivement en France. Maman et moi les accueillons sur le quai de la gare, le cœur rempli de joie, heureux de les revoir et de les sentir auprès de nous. Le même soir, Maman réunit toute la famille et les amis dans le jardin. Nous passerons une très belle soirée d'été. Nous profiterons de l'instant présent.

Tout le monde reprend son rythme de vie, entre le travail et les activités diverses. Notre Maman profite de cet été-là pour partir sillonner les routes de Corse avec ses copines. Des souvenirs plein la tête... Une arrivée sous la pluie à Bastia, une prise en main de la voiture, suivie d'une installation à l'hôtel. Enfin, le soleil montre le bout de son nez, l'équipe est prête à commencer le road-trip. Une première visite de Saint-Florent, le Saint-Tropez de

Corse ; puis, les autres découvertes s'enchaînent tout au long du séjour : la plage de Solenzara, Porto-Vecchio, Palombaggia, Bonifacio, Ajaccio, la plage de Moriani, etc. 1 000 kilomètres parcourus au cours de cette semaine, des bons restaurants, des fous rires. De bons souvenirs...

Arrive ce fameux 16 octobre 2019, nous pensions que la mauvaise aventure de 2018 était loin derrière nous, elle nous revient tel un boomerang. Nous ne le savons pas encore, mais le pire nous attend. Mon frère, qui a rejoint le cocon familial depuis peu, remarque que Maman se plaint, depuis plusieurs jours, de douleurs qui s'intensifient et ne disparaissent plus... Il décide de l'emmener aux urgences. Maman arpente les couloirs de l'hôpital, éclairés à la lumière blanche. Elle attend les rendez-vous et les résultats. Dans la nuit, elle rencontre le gynécologue, elle fera plusieurs IRM, prises de sang, examens complémentaires.

À l'intérieur sommeille une terrible inquiétude : la maladie. La nuit sera si longue... Le lendemain matin, le verdict tombe : le cancer récidive. Les émotions s'enchaînent : la tristesse, la colère, l'injustice. Mais nous reprenons nos esprits. Au bout de quelques heures, nous sommes sur la voie de l'acceptation et prêts à affronter l'inévitable, une attitude digne que notre Maman nous a enseignée. N'est-elle pas encore notre plus bel exemple aujourd'hui ?

Nous nous organisons autour de cette terrible nouvelle, nous savons déjà que cette bataille sera longue et difficile. Les rendez-vous se mettent en place un à un : chirurgien, oncologue, TEP Scan, comité des médecins. Je prends conscience de cette lourde organisation et de toute l'énergie qu'il faut déployer autour de cette maladie. Tous ensemble, nous lui construisons cette bulle protectrice de bien-être et d'accompagnement. À partir de cette nouvelle, je décide de démarrer le projet de vie de Maman : écrire sa vie ! Son objectif de vie devient le nôtre.

Sa plus tendre enfance

Lorsque j'écris les souvenirs d'enfance de Maman, c'est au cours des week-ends. On se retrouve à la maison, Maman est radieuse, comme à son habitude, souriante et pleine de bonnes intentions. Après le déjeuner, nous nous installons souvent dans le salon, la pièce est si lumineuse, inondée par les rayons du soleil, lesquels réchauffent les baies vitrées et nos cœurs aussi. On s'y sent bien. Nous avons vue sur le grand jardin qui paraît infini et dans ce petit palais verdoyant, nous papotons.

À la lisière du terrain, il y a, clin d'œil de l'histoire de la vie de Maman, sa maison d'enfance. On l'aperçoit sur une parcelle perpendiculaire, installée au bord du jardin de ses jeux d'autrefois... Nous entretenons un lien complice. Maman me confie ses souvenirs d'enfance dans cet univers qu'elle connaît si bien. Elle me raconte l'histoire de sa naissance.

Maman est née le 25 octobre 1961 à une heure du matin dans la maison de ses grands-parents maternels : Mathilde et Henri, à Hinges, un petit village du Pas-de-Calais.

À l'époque, l'accouchement à la maison était bien plus courant. Aidée par le médecin de famille, Christiane, sa Maman, la mit au monde sans grandes difficultés. Le choix de l'accouchement dans cette maison était tout réfléchi : beaucoup plus spacieuse et confortable, idéale pour recueillir l'aide des grands-parents dans les premiers jours qui suivent la naissance d'un nouveau-né.

Quelque temps plus tard, autour d'un café, Mamie me racontera avec le sourire aux lèvres le souvenir de son accouchement. Mamie venait de perdre les eaux. Afin de rejoindre au plus vite la maison de ses parents, elle s'installa, en amazone, sur le porte-bagages du vélo. Tandis que Papy pédalait, elle tirait, à l'aide d'une ficelle, la petite voiture où Philippe, l'aîné, était assis.

Je saisis l'occasion de lui demander la raison pour laquelle ils l'appelèrent Claudie. Elle me raconta que Papy avait perdu une petite sœur, âgée de 3 ans, qui s'appelait Claudie. Mamie avait fait la promesse à sa belle-mère d'appeler ainsi sa fille, si elle en avait une, un jour.

Maman poursuit le récit de ses premières années. En 1962, ses parents reprirent le café de la Poste dans la petite commune de Chocques où ils habitaient autrefois. Maman allait à l'école dans ce petit village – elle y a passé une grande partie de son enfance et de son adolescence.

Le 18 octobre 1964, Nathalie, la petite dernière, arriva, cette fois-ci, à la maternité. La famille s'était agrandie, une nouvelle organisation prenait forme, et la complicité du merveilleux trio frère et sœurs commença.

Quand elle avait 5 ans, alors que Maman était au café de ses parents, la boulangère qui était installée juste en face allait lui sauver la vie. Elle lui proposa de venir chercher des bonbons. Maman s'empressa de traverser la route. Au même moment, un camion s'encastra dans le café de ses parents, exactement à l'endroit où elle était située quelques secondes auparavant !

Dès son plus jeune âge, elle prenait déjà pleinement conscience de l'expression « la vie ne tient qu'à un fil ». Malgré quelques péripéties, Maman vivait paisiblement dans ce petit village. Elle faisait quotidiennement le chemin de l'école à pied, avec ses cousins et ses cousines. Un plaisir qu'ils avaient chaque matin de se retrouver pour parcourir ces quelques kilomètres. L'hiver, pour éviter d'avoir froid, ils plaçaient sous leur manteau des feuilles de papier journal, une technique d'autrefois pour se tenir chaud. Le dimanche, la messe était la sortie de la semaine suivie du traditionnel repas de famille. Mamie, toujours derrière les fourneaux, préparait souvent un pot-au-feu – ce qui régalait les papilles de tous.

Un soir, alors que les trois enfants faisaient leurs devoirs bien sagement, leur Papa ramena un petit chien blanc. Immédiatement, son prénom fut trouvé et mit tout le monde d'accord. Ils l'appelèrent : Neige. Maman, « la Bardot de la famille », déjà très proche des animaux, s'occupait beaucoup de Neige. À chaque portée, elle faisait le tour du village avec les petits chiots dans un panier pour trouver les nouvelles familles d'accueil.

En 1967, lors du mariage d'un de ses cousins, le marié l'invita sur scène et lui tendit un micro. À 6 ans, elle se mit à chanter « Voulez-vous danser grand-mère ? » de Lina Margy. Elle subjugua l'ensemble des invités, et surtout ses grands-parents avec lesquels elle entretenait un lien si fort, et dont les yeux s'étaient remplis d'émotion et de fierté. C'est ce jour-là que l'on décela le joli timbre de voix de Maman.

L'été 1969, Maman me raconte qu'ils partirent pour la première fois tous les cinq en vacances à Lourdes. Les moyens étaient modestes, ils avaient loué une caravane au pâtissier du village. Au retour, ils s'étaient arrêtés à Biarritz, incontournable endroit du Pays basque, où la Grande Plage offre une vue imprenable. Ce furent les toutes premières vacances que la famille put se permettre de prendre.

Soudain, Maman m'explique avec une clarté étonnante ses souvenirs d'école. Je me hâte d'écrire tout ce qu'elle me raconte pour ne pas en perdre une miette. Elle enchaîne sur les dates, les lieux :

« J'ai vécu à Chocques, jusqu'à mes 17 ans ! Je dormais dans le même lit que ma petite sœur, "ma petite Marie emmerdante". Je me souviens, nous prenions le petit déjeuner en famille tous les dimanches. Un matin, mon père s'est amusé à compter le nombre de tartines que j'avais mangées : quinze ! Étonnant pour mon père, et moins pour moi puisque le petit déjeuner a toujours été mon repas préféré. J'ai commencé à aller à l'école à Chocques, je suis passée de dernière de la classe à deuxième en CE1, CE2, CM1, CM2. Je voulais toujours avoir la première place, j'étais en compétition avec une autre élève. En fait, ce qui m'a toujours valu cette seconde place, c'est mon côté amusette. Dans mes observations, il était toujours noté : "Bon travail. Mais trop amusette en classe" ! »

Quand elle était adolescente, il y avait un endroit où Maman adorait se retrouver : c'était la plaine d'Olhain. Elle aimait faire une longue balade à travers la forêt, pour terminer au sommet et contempler la vue. D'ailleurs, Maman nous a transmis le goût de cette promenade. Nous la faisons souvent ensemble. Arrivés là-haut, Maman, Charles et moi avons l'impression d'avoir atteint notre but et nous prenons cette grande bouffée d'oxygène, pour faire le plein de bonnes ondes et d'énergie. On s'y arrête plusieurs longues minutes, on contemple l'horizon. Parfois, avec un peu de chance, nous arrivons au parfait timing, nous voyons s'élancer les parapentistes, comme s'il s'agissait de l'envol des oiseaux. Une sensation de légèreté et de satisfaction nous envahit à ces instants.

Au début de son adolescence, Maman reçoit de son père un tourne-disque de couleur orange. Elle organisait souvent des booms dans le garage de la maison avec ses amis du village. Elle adorait mettre la chanson, Viens, Viens, de Marie Laforêt.

Aux beaux jours du printemps et de l'été, ils enfilaient les combinaisons, direction la base nautique de Guarbecque pour des sessions de ski nautique.

Maman profite de ce moment pour me faire découvrir ses diapositives où l'on retrouve, en les inclinant vers la lumière, ses souvenirs de jeunesse.

Son grand Amour

Plus j'écoute Maman, plus j'aime l'entendre me raconter les histoires de sa vie. Même si ce sont des histoires que je connais déjà pour certaines, ce sont des souvenirs que je prends plaisir à écouter. En même temps, j'ai un véritable coup de foudre pour l'écriture. Je me prends au jeu.

Vient le récit de sa rencontre avec Papa. Charly, intrigué par cette étape de la vie de Maman, s'installe avec nous et écoute :
« Lors d'une préparation de colonie de vacances, je rencontre Patrick, votre papa, en juillet 1978. Nous passons tout l'été à encadrer les enfants dans une bonne ambiance. Le groupe de moniteurs est formidable et nous passons

des moments inoubliables. Nous ne sortirons ensemble qu'à l'hiver suivant, lors de la soirée d'anniversaire de Laurence (la sœur de Papa), donnée le 24 octobre 1979, pour ses 18 ans. Comble de l'histoire, nous sommes nées à un jour d'intervalle de la même année. Une tradition prend rapidement place : nous fêterons tous les trois nos anniversaires ensemble pendant les années qui suivront, avec votre grand-père paternel Léon, puisqu'il est du 26 octobre.

Pendant cinq ans, Papa et moi, nous nous voyions tous les dimanches. À cette époque, je cumulais les études et le travail, j'avais repris un CAP comptabilité en cours du soir, puis un BP. Ce rythme effréné me provoquait régulièrement des crises de spasmophilie. Je suis tombée sur un livre qui traitait le sujet, j'étais intriguée à tel point que j'ai appelé l'éditeur pour avoir plus d'informations. Il m'a alors communiqué le nom d'un médecin à Paris qui exerçait boulevard Raspail. Papa m'a emmenée le consulter. Après plusieurs manipulations, cette technique médicale a révolutionné mon quotidien, mes ennuis de santé se sont estompés jusqu'à disparaître complètement. Après cinq ans de relation, Papa me demande en mariage, nous nous marions le 23 avril 1983 dans la petite chapelle de Houdain. »

La robe de mariée de Maman était faite de dentelle blanche et épousait parfaitement sa silhouette. Elle avait accordé la simplicité de sa robe à une magnifique couronne, composée de pois de senteur, assortie à son bouquet de fleurs blanches et rosées.

Un peu plus tôt dans la matinée, ils avaient fait leurs photos, sous le cerisier du Japon du jardin des grands-parents. Moment idéal puisqu'il était à cette période de l'année en pleine floraison. Puis, direction la petite chapelle, en 2CV bleue, conduite par Théo, le beau-frère de Papa. La cérémonie fut suivie d'un repas, qui se déroula non loin de cette chapelle, où toute la famille et les amis étaient conviés. Lors du dessert, ils avaient décidé de faire une envolée de colombes, représentant l'amour, la paix et la pureté.

Quand je me replonge dans leurs photos de cette époque, j'y trouve leurs meilleurs souvenirs. Ils étaient toute une bande d'amis depuis cet été 1978, ils ont gardé toutes ces années le rythme des soirées festives, des vacances d'été sous le soleil et d'hiver à la montagne. Leurs souvenirs me plongent dans ces moments parfaits de la vie et je prends conscience que cet état d'esprit, ils nous l'ont transmis.

Après le mariage, Maman et Papa ont emménagé en 1984 dans une petite maison de quartier de la rue Jemmapes à Béthune, qui avait pour particularité une porte tout en verre et une façade de couleur verte. Ils y vécurent jusqu'en 1990, au moment de l'arrivée de mon petit-frère. La maison était devenue trop petite pour nous quatre.

Les premiers traitements

Nous écourtons le récit de la vie de Maman...

Le lundi 2 décembre 2019, c'est le jour de sa première chimiothérapie. Nathalie, sa sœur, l'accompagne dans cette épreuve. Maman reçoit une première injection à base de Taxol®, un antinéoplasique administré lors des séances de chimiothérapie dont le but est de bloquer l'accroissement des cellules cancéreuses. Le médicament est injecté sans test d'allergie au préalable et sans surveillance médicale.

Ce jour-là, C'est la présence de sa sœur qui va lui sauver la vie. En voyant Maman prise d'un malaise, elle accourt auprès des médecins : Maman était en train de faire un choc anaphylactique. Les médecins lui retirent immédiatement l'administration du traitement, Maman met du temps à revenir à elle. Ce traitement qu'elle redoutait tant est déjà une première épreuve pour elle.

Le lundi 23 décembre 2019, J -1 avant le réveillon de Noël : la séance de chimiothérapie de Maman s'annule, ses plaquettes ne sont pas suffisamment remontées pour recevoir la seconde dose de traitement.

Le côté positif, c'est que nous avons notre Maman en forme pour la soirée du réveillon. Charly comme à son habitude, avec ses talents de grand cuisinier, nous prépare de bonnes choses. Nous commençons par des toasts au saumon, accompagnés de Champagne. Nous trépignons d'impatience et nous n'attendons pas minuit pour ouvrir les cadeaux. Mon frère vise juste pour mon cadeau : un tapis et une brique pour le yoga, du thé et sa gourde en verre pour accompagner ces moments. Il ravit aussi Maman avec son cadeau : il lui offre une écharpe, elle vient remplacer celle qu'elle a perdue lors de ses rendez-vous médicaux. J'offre à mon tour le cadeau que mon frère a choisi : une paire de baskets qu'il désirait tant !

Vient ensuite le tour de Maman, elle termine savoureusement son toast, puis elle me tend les mains pour réceptionner son cadeau. Elle rit, en rétorquant : j'ai le même emballage cadeau que Charly ! Elle déballe délicatement le paquet cadeau, elle met quelques instants à comprendre, qu'elle a entre les mains son nouveau téléphone, dernier cri et idéal pour la qualité des photos. Celui-ci remplacera définitivement l'ancien. Nous passerons une excellente soirée de réveillon et profiterons de nouveau de l'instant présent.

Le lundi 30 décembre 2019, le nouveau traitement est administré sans difficulté cette fois-ci : Endoxan® et Carboplatine®. La suite sera plus difficile à supporter. Dès l'après-midi, les effets secondaires se manifestent : affaiblissement, vomissement et ce goût métallique dans la bouche qui ne s'atténue pas. Nous restons aux côtés de notre Maman et l'accompagnons de toutes nos forces durant ces jours difficiles qui suivent la chimiothérapie.
Mamie prend le relais et nous accorde une parenthèse pour la soirée du 31 décembre. Ce qui nous permet, à mon frère et moi, de lâcher prise durant cette soirée de passage dans la nouvelle année 2020. En faisant le vœu que notre Maman retrouve la santé.

Le mercredi 1er janvier, le jeudi 2 janvier, les jours passent... Le temps est long. Maman arrive de nouveau à manger. La sensation d'appétit revient. Pour nous, c'est une victoire.

Vendredi 24 janvier, nous organisons une « soirée croque-monsieur » à la maison. Maman voulait remercier son frère Philippe, ses neveux Rémy et Simon, d'avoir passé deux jours complets à s'occuper de l'extérieur de la maison. C'est chaleureux ; ça fait du bien de voir la famille réunie. Ces moments nous permettent de nous rendre compte à quel point chaque membre de la famille apporte sa pierre à l'édifice pour contribuer à améliorer la bulle de bien-être que nous entretenons.
Maman reçoit sa troisième chimiothérapie le lundi 27 janvier 2020, c'est son amie Patricia qui l'accompagne cette fois-ci. Tout se passe bien lors de l'injection, l'oncologue a diminué de 20 % le dosage. Elle constate un mieux-être dans l'après-midi qui suit le traitement. Mais l'effet de la chimiothérapie reprend le dessus dès le mercredi, le jeudi...

Au cours des semaines de chimiothérapie, nous sommes doublement aux petits soins pour Maman, jusqu'à entendre : « Ça y est, je commence à me sentir mieux ». On vit toujours ce moment comme un soulagement.

Durant la quinzaine qui suit, les examens s'enchaînent : IRM, TEP-scan pour contrôler l'évolution de la tumeur. L'ORL va également venir s'ajouter à ces rendez-vous post-chimiothérapie, car nous apprenons que la chimiothérapie abîme le système auditif et Maman ressent des douleurs dans les oreilles.

Un mois s'écoule, et le lundi 24 février, le rendez-vous de la quatrième chimiothérapie arrive. Sa sœur, Nathalie, l'accompagne de nouveau. Les injections se déroulent bien, Maman prend même une collation entre les traitements. Mais, dès qu'elle est de retour à la maison, elle est immédiatement malade. C'est assez étonnant de constater à quel point une chimiothérapie peut être différente d'un mois à l'autre. Maman a des douleurs dans le bas du ventre. Le traitement est tellement puissant !

Le vendredi 28 février 2020, je reçois un appel de Faustine à 23 h 30 : le SAMU est à la maison, Maman se tord de douleur. Après quelques heures sous surveillance, des anti-inflammatoires, la douleur s'atténue. Charly raccompagne Maman à la maison. Elle retrouve son environnement, qui, comme elle le dit souvent, la sauve.

Après trois mois de traitement, le compte rendu tombe le lundi 9 mars ; et il n'est pas bon. La masse, toujours présente, n'a pas diminué.

Mercredi 11 mars, j'accompagne Maman pour le TEP-scan, le résultat vient confirmer l'IRM. Deux explications sont possibles : la chimiothérapie n'a aucun effet ou elle permet de stopper la prolifération. La chimiothérapie ne donnant pas de résultat, à ce moment-là, nous espérons que les oncologues, les chirurgiens et le comité des médecins donnent, cette fois-ci, la validation pour l'opération.

Cette étape de ma vie est profondément douloureuse. Je me sens impuissante face à la maladie de Maman. Comment puis-je la sauver ? À qui puis-je demander encore de l'aide ? Quels autres protocoles médicaux existe-t-il ? Toutes ces questions résonnent dans ma tête. Je me sens déstabilisée, bouleversée, à bout de souffle. Je me demande comment les familles atteintes par la maladie gèrent la situation.

Il est nécessaire que je puisse prendre du recul. Je ressens le besoin de lâcher prise pour rechercher toute l'énergie qu'on attend de moi. Heureusement, mes proches me soutiennent jour après jour. Ils m'appellent, ils me rendent des services. Ils essayent d'égayer mes journées.

Parmi tant d'attentions, je reçois des billets d'avion de la part de la Maman de Coralyne, ma meilleure amie, m'invitant à partir en week-end avec sa fille. Et je suis le conseil de Maman qui me dit : « Ma fille, ne manque jamais un instant de bonheur, et savoure-le le plus possible ». Je prends donc ces quelques jours de pause, en me disant que je reviendrai plus forte. Je sais que pendant ce temps, Charly est aux petits soins pour aider Maman.

Comme à chacun de nos voyages, Coralyne et moi, nous nous munissons de notre Lonely Planet qui nous aide à parcourir les villes que nous visitons. Nous faisons, d'abord, un détour par Pise, pour admirer la fameuse Torre di Pisa, cette architecture mondialement connue grâce à sa particularité de construction penchée. Nous poursuivons avec la ville de Florence où nous visitons le Duomo, nous gravissons ses 463 marches et nous finissons par atteindre le point de vue imprenable sur la ville.

Mais, cet après-midi-là, nous commençons à recevoir des notifications de BFM sur nos portables au sujet de la propagation du coronavirus en Europe, et notamment à Codogno au nord de l'Italie. En effet, une vague importante de contamination de la Covid-19 se développe depuis décembre dernier en Chine. Ce virus qui nous paraissait si loin géographiquement est maintenant tout proche de nous.

Il nous arrivait souvent de remarquer que nous vivions des coïncidences, des histoires improbables, c'est justement le week-end durant lequel nous visitons la jolie ville de Florence que nous apprenons l'existence de ce cluster, à quelques centaines de kilomètres du lieu de notre séjour. Nous nous rassurons en calculant le nombre de kilomètres qui nous éloignent de Codogno : 250 kilomètres. Nous nous remettons rapidement à la découverte de Florence.

À ce moment-là, nous sommes à la Piazza Santa Croce, où une chanteuse d'opéra, installée sur les marches de l'église, nous coupe le souffle et nous fige par son timbre de voix. Nous en profitons également pour visiter la galerie Uffizi, où se trouve le tableau de La Naissance de Vénus de Sandro Botticelli ou encore Adam et Ève de Lucas Cranach, l'Ancien.

Au petit matin, le dimanche, nous nous dirigeons vers le Ponte Vecchio, sous un radieux soleil hivernal. Nous allons pouvoir y faire de jolies photos. Puis, direction la Galleria dell'Accademia, qui nous berce pour notre dernier jour. Le David de Michel-Ange est incroyablement grand et impressionnant. Nous passons un excellent week-end, j'en profite pour envoyer les photos au fur et à mesure de nos visites à Maman pour la faire aussi voyager. Arrivées à l'aéroport, retour à la réalité : nous prenons conscience de la gravité du moment. L'ensemble des touristes portent presque tous un masque, nous nous couvrons alors le visage avec ce que nous pouvons trouver, en espérant pouvoir regagner la France.

Frère et sœur

Le temps d'un week-end en famille, je reprends le fil de nos souvenirs et j'ouvre l'ordinateur portable.

Maman me raconte l'histoire de nos naissances. D'abord, elle m'explique le parcours du combattant pour réussir à tomber enceinte. Après plusieurs traitements hormonaux et de la patience, me voilà petit embryon, au début de l'année 1987. Viennent l'émotion des premiers battements de cœur chez le gynécologue et les mouvements de danse dans le ventre. Maman me rappelle avec le sourire ses échographies durant lesquelles j'avais la main placée près de mon oreille, et notamment le pouce qui reposait sur mon lobe gauche ; ce qui me vaut encore cette discrète marque de naissance aujourd'hui.

Puis la grossesse a suivi son cours jusqu'au 2 novembre 1987. Au cours d'un repas de famille, alors qu'elle était à huitmois de grossesse, Rémy, l'un de mes cousins, s'est étranglé avec une cacahuète. Maman a eu tellement peur qu'elle en a perdu les eaux ! Papa et son frère, Philippe, ont fait la technique de la chaise avec leurs bras croisés pour porter Maman jusqu'à la maternité, qui se trouvait juste derrière la maison. Et voilà comment je suis arrivée prématurément !

Cette arrivée précipitée n'est pas la seule anecdote de ma naissance, puisque mes parents et grands-parents m'ont toujours raconté leur surprise quand ils m'ont découverte dans un lange beaucoup trop serré à la maternité. Mon poids de 2,6 kg n'était déjà pas énorme, mais ajouté à cet emmaillotage, ils ont vraiment pensé que je n'avais ni jambes, ni bras. Une frayeur vite oubliée à l'arrivée du médecin, qui les a vite rassurés en leur disant que tout allait bien.

Ils m'ont appelée Marine, prénom qui vient du latin marina et signifie la « mer ». Maman m'a souvent confié l'origine de mon prénom : elle adorait, à l'époque, la chanson Pull marine, d'Isabelle Adjani.

Pour ma naissance, mon père lui a offert un collier agrémenté d'une aigue-marine en pendentif, « une eau de la mer », petit clin d'œil à mon prénom. La jolie pierre fine qu'elle a portée pendant des années renvoyait la lumière par transparence et reflétait ses ondes bleu clair chaque fois que Maman était en mouvement. Ce bijou marque la signature de sa féminité, celle qui fait rêver les petites filles quand elles estiment que leur mère est une icône.

Le minéral polychrome a poursuivi sa belle histoire dans notre famille. En 2003, quand mon père a voyagé au Sri Lanka, il m'a rapporté l'un des plus beaux souvenirs. Il a demandé la création d'un bijou sur-mesure, serti de cette pierre. Il en a dessiné le croquis pour que des joailliers de rue le reproduisent en sublimant l'aigue-marine. Un cadeau très précieux pour moi.

Après le récit de ma naissance, Maman évoque l'arrivée de Manou, ma nourrice, qui vivait à quelques maisons de chez nous. Elles s'étaient rencontrées très simplement : un jour où ma Maman était à la maison avec moi, Manou a passé le bout de son nez pour proposer ses services de garde d'enfant. Maman m'a souvent dit que c'était une femme d'une grande gentillesse. Je suis très vite devenue son rayon de soleil, comme elle le raconte si bien. Au moment de notre rencontre, sa vie a pris une tournure bien meilleure, ses difficultés se sont résolues, elle a estimé que j'étais leur porte-bonheur.

Maman poursuit son récit avec la naissance de mon petit frère, Charles, le 23 juillet 1990 à 11 h 10. Elle me confie ses moments de grossesse, le plaisir de retrouver les sensations de donner la vie. Mes parents ont eu tout de même un dilemme quant au choix du prénom. Ma grand-mère maternelle a suggéré le prénom de Charles ; mes parents, qui hésitaient entre plusieurs prénoms, ont, ce jour-là, eu le coup de cœur pour l'idée de Mamie. Mon petit frère s'appellera Charles. Et Mamie en était ravie.

Le temps d'une séance photo pour immortaliser l'arrivée de mon petit frère, et les voilà déjà de retour à la maison. On peut lire dans mes yeux de petite fille que je suis comblée par l'arrivée de ce bébé. Charly a commencé à marcher dès l'âge d'un an. Très beau petit garçon, il a longtemps gardé sa mèche qui lui vaudra l'attribution du surnom de Tintin pendant ses premières années.

Peu de temps après la naissance de mon frère, nous avons emménagé à Vendin-lès-Béthune dans une belle et grande maison, notre maison familiale, celle des joies de notre enfance. C'est une maison fascinante et pleine d'histoires...
L'une d'entre elles nous a particulièrement intrigués pendant des années. Maman nous avait toujours raconté qu'un guérisseur, M. Charles, comme le prénom de mon petit frère, avait autrefois habité cette maison, et qu'il avait gagné beaucoup d'argent ; à tel point que la légende raconte qu'il a fini par cacher une partie de sa fortune dans les murs. Les propriétaires qui ont suivi ont quelques fois retrouvé des lingots d'or...

Un jour, un artisan qui faisait des travaux de rénovation dans le grenier a trouvé un coffre dans le mur. Il a ouvert ce trésor avant l'arrivée de mes parents. Lorsque mes parents sont rentrés, il a raconté sa découverte en indiquant qu'il n'avait trouvé qu'un article de journal et des sucres Candi. Mes parents lui ont donc dit qu'il aurait dû attendre leur arrivée pour ouvrir ce coffre. L'histoire n'a pas été plus loin, jusqu'à ce que cet artisan ferme son entreprise peu de temps après la fin des travaux et parte construire une belle villa dans le sud de la France. Nous ne saurons finalement jamais ce que ce coffre renfermait... Mais cette histoire est restée une intrigue dans notre famille.

Pour mon frère et moi, cette maison était un immense terrain de jeu. Nous avions un vaste jardin. Avec nos voisins, qui étaient nos amis, on passait des journées entières rythmées par des courses folles de vélos, la construction de cabanes improbables, des nuits d'été sous la tente à la belle étoile dans le jardin... Pour faciliter les choses, nous avions fait des trous dans les grillages de nos jardins respectifs afin de nous retrouver plus rapidement.

Près de la maison, il y avait un parc qui s'appelait le Vert-Bleu ; il y avait aussi un immense oiseau en bois, il nous fascinait tellement ! On passait l'après-midi à l'escalader. Une fois l'oiseau gravi, c'était comme un défi qui venait d'être relevé, une grande satisfaction nous gagnait. En récompense, nous contemplions le parc et le petit lac qui le traversait.

Un point commun amusant qui nous lie, mon frère et moi : à l'heure des premières lignes d'écriture, nos parents ont eu la surprise de voir que nous étions tous les deux gauchers. Il paraît que c'est un signe de créativité ; il semblerait que ce soit vrai...

Ce qui nous amusait également, c'était nos vacances dans la maison familiale du Touquet. Elle avait été achetée par mes grands-parents paternels en 1985, peu de temps avant ma naissance et celle de mon cousin. Nous y allions à chaque période de vacances scolaires. Et c'était un plaisir de se retrouver entre cousins et cousine. Trente-trois ans sont passés et cette maison renferme beaucoup de souvenirs. Nos premiers pas, nos premiers mots, nos premiers écrits, nos folles idées de jeux, nos fous rires, nos disputes, nos interminables repas de famille. Aujourd'hui, elle continue à être notre repère et à nous voir évoluer.

Situation inédite

En mars 2020, la France et le monde vivent une situation inédite. La pandémie, arrivée par la Chine, nous touche de plein fouet. Les écoles et les commerces jugés non essentiels ferment. Les entreprises s'organisent autour du télétravail. La mise en place du confinement est immédiate. Les responsables de la santé soulignent la gravité de l'évolution de ce nouveau coronavirus, appelé Covid-19.

Lundi 16 mars, la seconde oncologue est la première à donner son avis sur la suite du traitement. Le cancer est, selon elle, inopérable. C'est encore une nouvelle bouleversante à laquelle nous devons faire face.

Lors de cette même journée, Emmanuel Macron donne un second discours où il évoque un état de guerre face à cette crise sanitaire. Nous devons nous confiner totalement, comme c'est déjà le cas en Chine ou en Italie. Nous avons jusqu'au mardi 17 mars midi pour nous organiser

Le monde s'arrête, mon monde s'écroule !

Une autorisation de déplacement est donc mise en place, me donnant la possibilité d'être aux côtés de Maman en invoquant le motif impérieux. Nous utilisons également cette attestation pour faire nos courses alimentaires. Je me réveille chaque matin en me demandant si ce que je suis en train de vivre est réel…

Mercredi 18 mars, Maman a rendez-vous avec le deuxième chirurgien, nous souhaitons avoir un second avis, je ne peux pas l'accompagner à cause des mesures sanitaires mises en place dans le cadre du coronavirus. Nous décidons donc de mettre tout simplement le téléphone sur haut-parleur afin que je participe tout de même au rendez-vous. Les nouvelles sont difficiles à digérer. D'après les résultats, la vessie et l'intestin seraient touchés. La tumeur s'est donc propagée. Le docteur ne s'avance pas pour l'opération, il souhaite procéder à une coloscopie pour analyser la gravité de la situation – un examen qui sera présenté au comité des médecins le lendemain, le jeudi 19 mars.

Lundi 21 mars, nous sommes au septième jour officiel du confinement, Maman a eu son rendez-vous médical par téléphone : la coloscopie est refusée et un nouveau traitement de chimiothérapie est proposé. Celui-ci est sensé être plus en adéquation avec l'étude réalisée sur l'Anapath.

En parallèle, c'est le monde entier qui est touché par cette épidémie. Tous les pays déplorent des cas de contamination, les décès s'accumulent. Nous vivons un enfer collectif. Il n'y a plus assez de respirateurs dédiés aux services de réanimation. Pour les cas les plus graves, les médecins sont obligés de faire une sélection de patients et même d'en refuser.

En réaction à ce nouveau mode de vie, Maman souligne un phénomène qu'elle observe depuis des années. Les Français reviennent à des bases d'autrefois : acheter des produits alimentaires aux agriculteurs français, passer du temps à cuisiner et savoir ce qu'il y a dans leurs assiettes. Il est vrai que ce laps de temps nous a permis de prendre soin de nous !

Maman passe beaucoup de temps à étudier le fonctionnement de son corps. Les médecins sont incapables de lui dire d'où vient son cancer... Elle a effectué beaucoup de recherches, elle s'est arrêtée sur Marc Henry avec ses théories sur l'eau dynamisée et ses bienfaits oxygénants sur les cellules. Elle met donc cela en pratique pour apporter du mieux-être à son corps.

Mercredi 1er avril, je change mon lieu de confinement pour accompagner Maman dans sa nouvelle chimiothérapie. Je viens rejoindre le groupe ! « J'emménage » avec Maman, mon frère et Faustine. J'ai de la chance. Il fait beau ! Je me mets au travail tout en profitant des rayons du soleil et de la vue sur un paysage boisé pendant que Maman s'occupe du jardin.

Vendredi 3 avril, nous arrivons à l'hôpital pour cette première chimiothérapie, l'accès m'est refusé. Je demande aux infirmières, depuis l'extérieur, de prendre soin de Maman. Je patiente donc dans la voiture. Impuissante.

Plus d'une semaine s'est écoulée depuis mon arrivée. Et les quatre jours qui ont suivi la chimiothérapie de Maman ont encore été difficiles. Elle a été malade et elle a éprouvé une très grosse fatigue.

Le confinement a quand même du bon puisque nous sommes réunis tous les quatre sous le même toit. C'est une chance inespérée, si tant est que je puisse appeler cette situation une chance. Bien sûr je déplore, comme tout le monde, le coronavirus et ses victimes. Cependant, ce confinement est arrivé au moment où Maman en avait le plus grand besoin. Le scepticisme des médecins m'inquiète continuellement. Et même si les nouvelles ne sont pas bonnes, c'est un cadeau fabuleux de pouvoir passer du temps avec Maman. À cet instant, je pense à toutes les familles qui sont touchées directement ou indirectement par cette maladie. Comment font-elles pour surmonter ces étapes de vie, si compliquées ?

Samedi 4 avril, je prends le temps de tondre la pelouse. Je m'arrête sur les choses simples de la vie. Je remarque un figuier au beau milieu du jardin. Je n'y avais jamais prêté attention auparavant. Cela me fait sourire : j'ai une pensée pour un ami qui m'a raconté cet hiver qu'il adorait les figues. Il m'avait raconté le plaisir de pouvoir les cueillir à la sauvage lors de ses balades. Pendant quelques instants, je m'imagine la scène et j'ai l'impression de vivre un moment de liberté.

Dimanche 5 avril, un très beau soleil continue de nous ravir. Nous organisons donc un barbecue, Charly gère les cuissons, Faustine et moi, nous nous occupons des accompagnements : plusieurs salades, de riz, de tomates et de concombres, le tout accompagné de quelques verres de rosé ! Maman prendra un petit instant avec nous au soleil. Les semaines sont rythmées entre le télétravail, les courses, le sport et ce soleil qui perdure et qui fait énormément de bien. Dès le jeudi 9 avril, Maman va mieux, nous profitons de ces moments de répit.

Vendredi 24 avril, l'injection de la deuxième chimiothérapie se déroule bien. Les jours suivants, ça se complique. En effet, il s'en suit un week-end difficile. Elle est très malade, surtout le soir, et elle est très fatiguée. Elle se remet de plus en plus difficilement de ses chimiothérapies.

Dimanche 26 avril, lors de notre deuxième barbecue

de confinement, nous profitons de la terrasse à côté de la chambre de Maman pour la faire participer à notre moment.

Bonnes nouvelles de la fin de journée : mon cousin Johan me demande d'être la marraine de son fils et mon frère a décroché la réalisation d'une vidéo pour la ville de Béthune afin de promouvoir l'organisation post-COVID-19.

Tout est arrêté en France, excepté ce qui ne peut l'être, comme la santé, l'alimentaire et des produits prioritaires tels les médicaments. Le monde tourne au ralenti, comme si nous avions appuyé sur « pause ». Il faut avoir une bonne raison d'être dans la rue : aller travailler, faire de l'exercice à moins d'un kilomètre de chez soi, se rendre chez le médecin, à l'hôpital.

Nous restons à la maison et nous chouchoutons notre Maman du mieux que nous le pouvons, nous avons à peine trente ans et jamais, un seul instant, nous ne nous sommes imaginé devoir vivre cela. Heureusement nous avons toujours été proches ; et nous sommes parfaitement entourés.

Et puis, ce n'est pas la première fois que nous nous retrouvons tous les trois. Nous avons connu cela à l'époque où Maman et Papa s'étaient séparés. Nous avions respectivement 5 et 8 ans. Maman avait choisi cet appartement en location dans le centre-ville de Béthune. La vie d'autrefois avec Maman et Charly m'a laissé d'excellents souvenirs.

D'ailleurs, je retrouve des similitudes de notre vie d'avant. Maman se lève toujours aux aurores pour prendre son petit déjeuner et c'est l'odeur de son café qui me réveille tous les matins.

Un peu plus tard dans la journée, j'entends le son de la guitare de mon frère qui traverse la maison et cela me fait sourire.

Je retrouve aussi cette parfaite hygiène alimentaire, des produits de saison et bio qui nous régalent à chaque repas. Maman a toujours privilégié les bienfaits des produits naturels qui sont encore présents dans la cuisine. Elle connaît les vertus de beaucoup de choses : « Fais-toi une petite cure de gingembre et de citron dans une eau chaude le matin, c'est un antioxydant et c'est plein de vitamine C » ; « Tu as un petit bouton, tiens, mets un peu d'arbre à thé, demain tu n'auras plus rien » ; « Tu as du mal à t'endormir, mets quelques gouttes d'huile essentielle de lavande sur ton oreiller, tu te sentiras mieux » ; « Fais-toi un masque à l'argile, ça te fera du bien pour purifier ton visage» ; « Cuisine avec de l'ail, ça nettoie le sang » ; « Le curcumin aussi, c'est un anti-inflammatoire, tu peux en mettre dans beaucoup de choses et ça donne bon goût. »

Tous ces petits remèdes je les intègre de plus en plus dans mon quotidien. J'apprécie tellement cet art de vivre !

Dix ans de vie à trois

Quand Maman et Papa se sont séparés, notre vie a changé. Maman quittait l'entreprise familiale, la maison de famille. Nous devions recommencer une nouvelle vie. Nous avons emménagé dans un appartement après avoir pris la décision de quitter la maison de notre enfance qui aurait représenté trop de sacrifices financiers ; et d'un point de vue organisationnel, nous aurions été trop éloignés de nos écoles et autres lieux de loisirs.

Au cœur de la ville de Béthune, l'appartement en duplex, composé de murs blancs et de sol en parquet, disposait de deux chambres, l'une pour Charly et l'autre pour moi. Quant à Maman, elle avait pour chambre le salon où elle dépliait chaque soir le canapé convertible.

Décoré avec des objets récupérés ou chinés, notre lieu de vie est vite devenu « l'appartement du bonheur », celui qui nous voyait grandir.

Nous étions plus autonomes. Nous rentrions seuls de l'école et nous participions à nos loisirs. Maman allait travailler sereinement du lundi au vendredi. En parallèle, elle reprenait aussi ses études. Elle lisait beaucoup, notamment des livres dans le domaine juridique, suite aux procédures de divorce. Elle se plongeait dans le Code civil et sa curiosité intellectuelle était insatiable. Elle s'intéressait à tout ce qu'elle ne connaissait pas. Je la voyais sans cesse fureter dans ses bouquins.

Maman trouvait toujours des astuces pour que nous ayons le maximum de confort. Elle attendait le petit matin pour actionner le sèche-linge dont les émanations réchauffaient le rez-de-chaussée. Quand le pain était rassis, elle nous faisait de délicieuses tranches de pain perdu dont je me souviens encore de l'odeur réconfortante. Mamie nous surprenait parfois quand elle nous déposait des viennoiseries à la porte d'entrée, tôt le matin, pour le petit déjeuner.

Même si de nouvelles restrictions s'imposaient, nous étions heureux. Maman avait le don de nous rassembler. Nous formions un trio très complice. Je me souviens que Maman surnommait mon petit frère, Charly Be Goode, un clin d'œil à la chanson de Chuck Berry. Quant à moi, elle me disait souvent : « Beauté fatale, quand j'te vois, j'détale » ; et je lui chantais « Maman, c'est toi la plus belle du monde » et on riait beaucoup de nos bêtises.

Bien qu'elle avait un rythme effréné, Maman restait à l'écoute de nos désirs. Notre vie était partagée entre notre scolarité et nos passe-temps.

Je me souviendrai toujours de la fois où nous étions allées à la patinoire de Béthune. J'avais 6 ans. Ce fameux jour peut inspirer l'écriture d'une grande partie de ma vie. C'était un mercredi après-midi, nous allions faire des courses. En face du supermarché se trouvait la patinoire de la ville. Intriguées par cette discipline, nous avions poussé l'imposante porte vitrée de ce lieu. Une fois le seuil franchi, une petite barrière blanche indiquait la direction à prendre pour nous diriger vers le club. Nous avions emprunté ce petit passage qui nous avait amenées directement à l'endroit de la distribution des patins.

Soudain, j'ai tourné la tête vers la gauche et j'ai découvert une immense patinoire. Je me suis approchée de la balustrade et je me suis mise sur la pointe des pieds dans le but d'entrevoir la glace blanche, lisse et parfaite. Elle venait tout juste d'être surfacée. J'ai inspiré et j'ai expiré. C'était amusant : de la fumée est sortie de ma bouche. Pourtant, à l'extérieur, il faisait bon, nous étions en septembre. Mais à l'intérieur de ce lieu où nos narines et nos joues se rafraîchissaient, on pouvait s'imaginer en hiver.

J'ai tout de suite senti cette odeur si caractéristique. Et j'ai appris avec le temps qu'elle se remarquait dans toutes les patinoires, car elle provenait des revêtements de sol en caoutchouc qui recouvraient toute la surface présente autour de la glace. Ce jour-là, un cours d'initiation allait commencer. Maman était très douée pour les pressentiments. Elle savait être au bon endroit, au bon moment. J'ai chaussé les patins et je ne les ai plus quittés pendant près de quatorze ans !

Maman était tout aussi proche de Charly. Mon frère jouait de la guitare à la maison. Elle l'a encouragé dans ses projets et a décelé en lui son intérêt pour les activités artistiques. Il a appris, seul, grâce à des cours sur Internet.

D'ailleurs, à cette époque, nous partagions notre temps de connexion, qui était limité ou chronométré ! Plus tard, Charly a créé son groupe de musique. Ils se sont produits dans plusieurs endroits et ma Maman était sa première fan.

Papa n'était jamais très loin non plus, il était lui-même passionné de musique. Je pense que nous pouvions compter par milliers ses CD et vinyles. Maman et Papa se rejoignaient sur ce centre d'intérêt. Ils adoraient tous les deux les concerts et la musique.

Deux ans après notre emménagement, nous étions allés à une soirée de fin d'année, organisée par mon club de patinage. Dans une salle à Annezin, c'est là que Maman a rencontré mon beau-père avec lequel elle est restée en couple pendant dix-neuf ans. Elle évoquait ce cycle des dix-neuf ans, car elle avait vécu avec Papa autant de temps qu'avec mon beau-père. Et le clin d'œil de ce début d'histoire, c'est qu'ils se sont rencontrés dans la salle des fêtes du mariage de mes parents.

Nous partagions aussi du temps avec notre Papa. Charly et moi, nous nous étions habitués facilement à la garde alternée. Quand nous voyions notre Papa, c'était le week-end pour les vacances scolaires, toujours pour les moments de détente et nous divertir. De son côté, Maman, si elle avait la chance de nous avoir toute la semaine et un week-end sur deux, elle devait mener de front notre éducation, mais aussi tous les rappels à l'ordre !

L'appartement du bonheur était l'endroit sympa pour réviser et discuter avec nos amis. Très bien situé, il nous permettait de vivre notre jeunesse sans demander à Maman de nous conduire dans tel ou tel lieu. Nous avions la chance d'avoir beaucoup de libertés et d'autonomie.

Puis, un jour, mon beau-père a trouvé un terrain à Chocques, exactement à l'endroit où Maman avait vécu son enfance. Ils ont décidé de faire construire sur les racines de sa jeunesse et de s'y installer.

Autant d'anecdotes de la vie de famille qui se révèlent être simples, mais inoubliables. Un temps du passé qui me fait sourire quand j'y repense.

L'Inévitable

Alors que nous poursuivons notre vie en communauté à quatre, Maman, Charly, Faustine et moi, et que le déconfinement a été amorcé en France, nous devons faire face à la dégradation de la santé de Maman.

Dimanche 17 mai : les douleurs continuent et elles sont désormais insupportables. Nous devons aller aux urgences de Béthune. Les médecins pensent d'abord à une occlusion intestinale. La tumeur appuie sur l'intestin. Elle grossit et devient incontrôlable. Elle empêche la digestion. Maman sera soulagée par des perfusions. Mais elle restera plus de 24 heures sans alimentation. Le médecin urgentiste tient des propos alarmants. Il me convoque à trois reprises dans son bureau pour m'informer de la gravité de la situation. Les intervenants du corps médical tentent de nous faire prendre conscience de la situation. Nous l'entendons, mais nous ne comprenons pas. Nous espérons toujours un miracle... Une solution. Nous espérons nous réveiller de ce terrible cauchemar.

Au retour de l'hôpital et afin de prendre davantage soin de son corps, Maman réfléchit à ce qu'elle pourrait tenter, essayer : modifier son alimentation, commencer la cryothérapie, connaître le microbiote et surtout le système des défenses immunitaires. Toutes les recherches et informations sont bonnes à prendre, elle ne baisse pas les bras !

Le lundi 8 juin, nous envoyons son dossier au professeur d'un grand institut médical français. Depuis mars, nous y avons songé quand nous nous sommes aperçus des échecs successifs de nos consultations en milieu hospitalier. Nous espérons recevoir un appel dans le courant de cette semaine.

Maman ne supporte plus la douleur. C'est inacceptable. J'appelle donc l'institut afin de demander si je peux l'amener aux urgences avant même l'enregistrement de son dossier. La réponse est négative. Comme elle n'est pas suivie par un oncologue de l'institut, elle ne peut bénéficier d'une prise en charge.

Nous devons nous orienter vers les urgences des hôpitaux de notre secteur. Encore une fois. Nous y avons déjà fait beaucoup d'allers-retours et les médecins sont démunis face à la souffrance de Maman.

Le mardi 16 juin, le comité de médecins se réunit. Le compte rendu de la séance est rédigé. J'écoute les paroles bouleversantes d'une assistante d'un grand institut français : « Je ne suis pas habilitée à vous communiquer les conclusions, et encore moins quand je vois les résultats ». Mon cœur s'accélère, je tremble et je m'effondre.

Nous devons attendre le jeudi 18 juin pour récupérer le dossier, revenu entre les mains du médecin traitant. Le compte rendu est sans appel. Il tient sur une seule phrase : « les soins palliatifs ».

Maman attendait une réponse plus étoffée, elle espérait faire partie d'essais cliniques ou bénéficier de l'immunothérapie. Peut-être allait-elle recevoir un appel du professeur ? Rien.

Dans l'après-midi, nous appelons l'oncologue pour avoir son avis. Un rendez-vous est programmé le vendredi 19 juin. Maman y va avec Tata Nathalie. Aucune solution.

Mais elle ne se laisse pas abattre. Une fois de plus ! Elle a envie de vivre. Déterminée, elle poursuit ses recherches. Elle finit par trouver l'association « Cancer et métabolisme », qui lui communique un traitement : la méthode Beljanski dont le processus est de booster les défenses immunitaires.

Samedi 27 juin, comme tous les samedis depuis plusieurs semaines, je passe mes journées à la maison. Aujourd'hui, Maman est très fatiguée. Elle se sent « comme dans du coton », me dit-elle.

Elle a tout préparé au cas où il se passerait quelque chose : l'attestation de don d'organe, de son refus d'autopsie, et tous les papiers pour les obsèques.

Nous sommes déjà au milieu de la semaine. Le mercredi 1er juillet, Maman reçoit ce fameux traitement de l'association « Cancer et métabolisme » – une lourde dose de médicaments à prendre : 50 gélules en une seule journée et 10 le lendemain. Nous veillons à ce qu'elle prenne l'ensemble du traitement.

Le soir, elle est épuisée. Elle a de la température. Je souhaite de tout cœur que son système immunitaire se relance. Cette méthode doit inciter à la remontée du nombre de plaquettes et de globules blancs.

Vendredi 10 juillet, nous sortons du CH de Beuvry, après deux jours d'hospitalisation, pour anémie. Deux poches de sang viennent de lui être administrées. Maman a beaucoup de mal à imaginer que l'on vient de lui injecter le sang d'autres personnes. Elle a observé ce sang s'écouler en elle. Elle nous raconte la vie de l'hôpital durant ces deux jours : 24 heures sur un brancard, une attente interminable pour une prise de sang et un scanner pour se voir enfin administrer des poches de sang.

La tumeur a encore pris quatre centimètres de plus – de 14 cm, elle est passée à 18. La maladie prend de l'ampleur à une vitesse fulgurante. Les douleurs sont insupportables. Elle espère que tout s'arrête. Nous passons le vendredi soir à nous reposer et le week-end à la maison.

J'essaye de la distraire et de la rassurer avec mes mots. Mais la fatigue est pour le moment encore trop importante. Je reste donc une partie de la soirée dans le lit avec elle.

Samedi matin, son petit déjeuner est prêt : un bon café dans un bol comme elle aime, accompagné de deux tartines avec du beurre et de la confiture d'abricot. Ce matin-là, il y a aussi des larmes qui coulent quand Maman voit son corps se déformer. La tumeur de 18 cm a élargi son ventre. Cette tumeur bloque également tout le système veineux.

L'après-midi, nous avons passé du temps tous les trois afin d'anticiper l'avenir. Si cela devait arriver... Quelles seraient ses dernières volontés et tout ce qui concerne la maison ? Maman a tout anticipé. Elle est impressionnante.

Nous nous réjouissons de petites victoires – quand les nuits sont paisibles. Et cette nuit, ça a été le cas. La mise en place de l'hospitalisation à domicile prend forme tout doucement. Une infirmière passe une fois par jour pour prendre la tension et contrôler la prise des médicaments.

Le 14 juillet, nous restons ensemble à la maison et nous passons une journée calme et paisible au cours de laquelle Maman a un petit peu mangé.

Nous voyons une petite biche qui s'avance devant la maison. Nous la contemplons quelques instants, nous sommes émerveillés de la voir si proche de nous. La nature a tellement repris ses droits à l'extérieur de la maison. La petite biche se sent dans son environnement. La nature est belle et elle nous accompagne dans ces instants où tout vacille.

Mais, en fin d'après-midi, Maman m'inquiète. Soudain, elle ne se sent pas bien. J'accours à ses côtés, elle pose ses deux mains sur mes épaules. Nos regards se croisent et ils sont plein de peur. Je l'accompagne jusqu'à son lit.

Je reste à ses côtés.

Vers la fin de journée, Charly prend ensuite le relais pour la soirée et une partie de la nuit. Je rentre chez moi. Comme Maman a beaucoup de mal à respirer, Charly prend donc contact avec les équipes de l'HAD. Une infirmière intervient rapidement pour la mise en place d'oxygène. Ils veillent Maman jusqu'à deux heures du matin.

Mercredi 15 juillet à 6 h 30, mon frère m'appelle pour me dire que ça ne va vraiment pas mieux. Maman a énormément de mal à respirer. Je prends la route immédiatement. À mon arrivée, j'accours dans sa chambre, je lui caresse le visage et je lui glisse un « Je t'aime Maman ».

Le médecin du HAD doit passer dans la matinée, il ne tarde pas à arriver pour l'ausculter. Maman éprouve de la difficulté à respirer, ses mains sont froides, sa tension baisse. Il indique rapidement que Maman est en train de faire une embolie pulmonaire. Cependant, il nous rassure. Maman doit aller aux urgences pour passer un scanner afin de résorber le caillot. Nous suivons à la lettre ses indications et les pompiers ne tardent pas à arriver.
Elle n'a plus de force. Après la prise de tension et les constantes de Maman, les pompiers l'emmènent. Elle nous réclame énormément d'eau – ce qui nous étonne, car elle pouvait passer des journées sans boire. Une heure passe entre son départ de la maison et cet appel en numéro privé sur mon portable.

Le médecin des urgences me demande, tout d'abord, si

je suis bien au courant que ma Maman vient d'être admise aux urgences. Je réponds par l'affirmative lui expliquant le cheminement de la matinée et les indications données par le médecin du HAD. J'ai le cœur qui s'emballe. La voix du médecin m'indique qu'il se passe quelque chose de grave.

Elle me dit : « Écoutez, votre Maman est arrivée avec une tension très basse, je suis dans l'incapacité de l'installer sur la table du scan, je risque de la perdre. Je pense que vous devriez venir assez rapidement à l'hôpital. »

Il semble que mon corps se paralyse en un instant. Mon frère et moi prenons tout de suite la route pour l'hôpital. Nous prévenons immédiatement l'ensemble de la famille. Nous arrivons tous en même temps, tout va très vite.

Nous pouvons entrer dans sa chambre par vagues successives de trois personnes.

Mamie, mon frère et moi entrons les premiers.

« Maman, nous sommes si fiers de toi, de ton combat

rondement mené jusqu'à aujourd'hui. Tu nous as apporté tout ce que des enfants peuvent rêver d'avoir, ce que nous sommes devenus, c'est grâce à toi, nous allons vivre et accomplir de belles choses pour toi, Maman. Tes souffrances vont être soulagées. Tu seras apaisée très rapidement. Maman, nous t'aimons si fort, tu vas tellement nous manquer ! »

Nous fixons cet électrocardiographe qui nous donne l'indication vitale de Maman à chaque moment. Nous savons qu'il ne reste plus que quelques instants... Notre cœur s'accélère, nos larmes coulent, nous trouvons la force de lui dire que nous sommes fiers d'elle, de la remercier pour la vie qu'elle nous a offerte et qu'elle peut partir apaisée. Peu de monde ont cette chance. Nous avons eu le temps de parler de ce départ, de tout organiser et d'anticiper et de lui dire « au revoir ».

Puis, sa sœur lui glisse plusieurs mots. Ensuite, c'est au tour de Mamie, son frère... Nous touchons son corps encore chaud, nous profitons de ses derniers instants. Les larmes viennent se glisser sur nos visages effondrés par la peine. Nous sommes anéantis. Nous assistons impuissants aux derniers soupirs de Maman.

Quelques instants plus tard, les médecins sortent pour nous indiquer : « Heure du décès : 16 h 15. »

Notre cousine, Perrine, arrive quelques instants trop tard, elle n'a pas eu le temps de lui dire au revoir. Elle accourt dans le couloir, je fonds en larmes dans ses bras.

Nous restons de longues minutes, décontenancés et sidérés. Nous prenons conscience de ce qui vient de se produire : Maman nous a quittés.

J'indique immédiatement aux infirmières les directives de Maman, comme elle m'avait fait promettre de le faire.

Les jours d'après...

Quatre ans auparavant, nous avions perdu notre Papa. Nous savons ce qui nous attend d'ici les prochains jours. Nathalie, qui a fait toutes les démarches avec Maman, contacte immédiatement l'espace funéraire.

Le lendemain matin, le mercredi 15 juillet, nous nous y rendons dès 9 heures. Maman et sa sœur avaient soigneusement tout préparé.

L'enterrement aura lieu le 21 juillet.

En discutant, Philippe intervient tout de suite en disant que ce serait la plus belle des choses de trouver une chanteuse et un guitariste pour la cérémonie. Maman adorait les concerts et la bonne musique. Ni une ni deux, nous

nous mettons à la recherche d'un petit miracle…

Mercredi 15 juillet après-midi, le chirurgien de Maman finit par me rappeler. En effet, cela faisait plusieurs jours que Maman et moi l'appelions pour nous accompagner dans nos démarches médicales. Malheureusement, son appel arrive trop tard. Je lui apprends donc la terrible nouvelle. J'en profite pour lui dire ce que j'ai sur le cœur :

Je pense que c'est vous qui aviez la bonne solution face à ce cancer, en octobre dernier, alors que la tumeur ne faisait que trois centimètres. Vous auriez dû opérer. Mais le comité des médecins en a décidé autrement et a choisi un traitement chimiothérapique. Docteur, pouvez-vous m'expliquer une chose ? Nous avons découvert six mois après les débuts de traitement que les zones irradiées ne pouvaient pas être atteintes par le traitement de la chimio, les zones ne sont plus vascularisées. Est-ce vrai ? Pourquoi ne pas nous l'avoir dit ?

Il me répond :

L'opération n'était pas possible, la tumeur était très mal positionnée. La radiothérapie n'était également pas envisageable. Votre Maman avait déjà reçu la quantité maximale suite au traitement du premier cancer. La dernière solution envisageable, si infime soit-elle, était la chimiothérapie. En médecine, même s'il y a 1 % de chance de réussir, nous devons la tenter.

Docteur, quand vous savez qu'une patiente ne peut pas être guérie par les méthodes actuelles, ne la détruisez pas par des traitements qui vont la rendre encore plus malade, qui vont l'affaiblir encore plus. Maman a été très malade et a eu énormément de mal à supporter ces traitements. Quatre traitements ont été essayés au total et l'oncologue voulait la revoir ce vendredi pour un cinquième traitement. Le premier a failli lui coûter la vie, elle a fait un choc anaphylactique. Elle n'a même pas été testée avant la première injection pour savoir si elle était ou non allergique à ce produit. Les infirmières ne sont même pas restées auprès d'elle lors de la première prise. C'est sa propre sœur qui l'accompagnait ce jour-là. C'est elle qui lui a sauvé la vie et qui a crié : « Au secours ! ».

Il clôtura la discussion en expliquant que la tumeur de Maman était très invasive, qu'elle se multipliait à une rapidité trop importante et qu'elle était devenue incontrôlable.

Jeudi 16 juillet, Maman repose à la maison, le cercueil fermé, comme elle l'avait demandé. Nous lui avons préparé une belle pièce, toute fleurie de roses blanches, soigneusement sélectionnées par notre Mamie.

Cette pièce devait à l'origine être le bureau de Maman. Puis la maladie a pris le dessus. Elle allait devenir sa chambre médicalisée. Pour finir, elle est aujourd'hui la pièce de recueillement.

Je me connecte rapidement aux réseaux sociaux pour prendre contact avec Jennyfer, une ancienne amie patineuse qui a une voix sublime. Je ne la retrouve pas. Dès le matin, je passe par sa Maman qui nous avait beaucoup suivies dans notre parcours de patineuse. Elle me communique très rapidement le numéro de sa fille. Sans perdre un instant, je la contacte.

Je lui annonce la terrible nouvelle. Cela faisait une bonne dizaine d'années que nous n'avions pas discuté toutes les deux. Je lui demande s'il est possible qu'elle puisse chanter pour la cérémonie de Maman. Sans hésitation, elle me répond « oui ».

Tout s'organise rapidement, elle au chant, son ami à la guitare. Nous lui donnons une liste de chansons soigneusement sélectionnées : La Javanaise de Serge Gainsbourg (choisie par son frère Philippe), Si j'étais capitaine de Diane Tell (choisie par Charles et Faustine), Vole de Céline Dion (choisie par ma cousine), Hallelujah de Jeff Buckley (une évidence), Maman, la plus belle du monde de Luis Mariano (que j'ai choisie et que je lui chantais régulièrement), All of me de John Legend (choisie par Catherine, son amie).

Vendredi 17 juillet, nous accueillons dès le matin la collègue de Maman, Lætitia, munie d'un bouquet de fleurs blanches. Elle est anéantie et tellement touchée par la disparition de Maman. Comme les visites se déroulent dans l'après-midi, nous passons du temps ensemble et nous racontons des anecdotes sur Maman autour d'un café. Elle me raconte que Maman était une collègue et une amie tellement attachante et unique. Elles entretenaient toutes les deux une belle complicité depuis toutes ces années.

Samedi 18 juillet matin, c'est à Margaux de me tenir

compagnie. Nous passons la matinée à écouter les histoires de Tonton sur ses années dans la police. Un moment qui nous permet de sécher nos larmes et de rire.

Dimanche 19 juillet, nous déjeunons en famille, Marine et Pauline m'accompagnent et me redonnent de la force avant les dernières visites. Quant à Coralyne, elle arrive le lundi 20 juillet pour m'épauler avant le dernier hommage.

Maman était une copine d'enfance, une sœur, une femme, une maman, une cousine, une tante, une amie, une collègue. Chacun porte dans son cœur des aspects de sa personnalité. Selon :

sa Maman : « Une fille toujours souriante, qui avait beaucoup d'amies, qui faisait preuve de complicité et se confiait beaucoup. Elle était toujours le boute-en-train, courageuse, une battante, toujours présente pour aider. Elle ne se laissait pas faire. »

ses enfants : « Une maman exemplaire, bienveillante, une forte complicité, un amour inconditionnel. Elle nous a tout donné, nous a toujours mis sur le bon chemin. »

ses frère et sœur : « Une sœur courage, une sœur exemplaire. Une grande complicité dans notre trio. Claudie offrait une présence à toute épreuve. »

ses nièces et neveux : « Une Tata aimante, présente, courageuse, toujours souriante et bienveillante. »

ses amies : « Une vraie amie fidèle, une confidente, toujours partante, toujours le sourire aux lèvres. »

ses collègues : « Une femme attachante, une femme remplie d'humour, une joie de vivre, qui savait adresser la bonne parole. Une femme à l'esprit ouvert avec laquelle on pouvait discuter de tout. Une magnifique philosophie de vie. »

Elle avait vécu mille vies comme toutes les femmes de sa génération. Je n'en connaissais qu'une partie. Les derniers mois avaient été aussi très instructifs. J'avais appris bien des choses sur le passé et les pensées de Maman. Et « j'avais eu la chance » de vivre le confinement avec elle pour vivre les derniers mois de son existence.

Mais je ne savais pas tout.

Toutes les personnes que je rencontrais m'en disaient un peu plus. Et toutes celles que je rencontrerai à l'avenir m'en apprendront davantage sur elle. Ses frère et sœur, ses amies, ses collègues, ses parents viennent compléter l'ensemble de mes interrogations. Petit à petit, j'avance vers la connaissance de Maman. Quand je pense la connaître, je m'aperçois qu'il y a encore des histoires à apprendre.

Aux funérailles, alors que nous nous rassemblons, la voix sublime de Jennyfer retentit dans l'église, et nous apporte du réconfort.

Son frère, Philippe, prend la parole et prononce un discours que j'ai gardé précieusement :

« Avec Claudie nous formions une fratrie de trois enfants.
Une fratrie que seule la disparition de notre sœur a pu dissoudre.
Notre sœur nous aimait, et nous, nous l'aimions sans retenue.
Cet amour particulier est sans aucun doute le fruit de

notre éducation, mais surtout le fruit d'un amour inconditionnel que notre Maman nous a donné.

Ce même amour, Claudie l'aura également donné de la manière la plus naturelle à ses deux enfants, Marine et Charles.

Un amour fort, très fort, que Marine et Charles ont toujours rendu sans compter à leur Maman.

Claudie, c'était la discrétion, la gentillesse et le courage.

Claudie était souriante, elle aimait rire.

C'était aussi la plus sage de nous trois.

Toute son existence et face à une vie pas toujours reconnaissante envers elle, elle rebondira sans se retourner et sans jamais se plaindre pour donner toujours le meilleur d'elle-même aussi bien à sa famille qu'à ses amis.

Depuis deux ans, Claudie était atteinte de cette maladie à laquelle je n'ai toujours pas assez de qualificatifs pour dire à quel point elle a fait souffrir ma sœur.

Je ne vais pas faire le déballage public de mon incompréhension face à une médecine que l'on dit à la pointe et qui oblige encore et malgré tout une telle souffrance.

Bref !!

Claudie, ma sœur courage, a effectivement eu une vaillance exceptionnelle face à cette maladie.

Elle aura lutté jusqu'au bout.

Ta fille, MAMAN.

Notre sœur, NATHALIE.

Votre maman, MARINE et CHARLES, était réellement une femme exceptionnelle.

Mercredi après-midi, sur son lit d'hôpital et avant qu'elle nous quitte, j'ai tout simplement embrassé ma sœur sur la joue.

Je lui ai dit : « Au revoir, ma petite sœur ».

Elle a tourné la tête péniblement vers moi.

Elle a ouvert les yeux et a laissé échapper un léger rictus derrière son masque à oxygène transparent comme pour me dire au revoir Frérot mais certainement pas adieu.

Repose en paix, p'tite sœur.

Repose en paix, Claudie.

Et quand viendra le jour de te rejoindre, je suis sûr que tu nous accueilleras avec le sourire. »

Graver dans nos mémoires

La belle maison où j'aimais aller rendre visite à Maman est mise en vente. Dès la première visite, un couple tombe littéralement sous le charme de la propriété à tel point qu'ils signent le compromis immédiatement. La maison est vendue, en une semaine, un jour de septembre. Nous avons trois mois devant nous, pour organiser l'ensemble du déménagement.

En ce début d'automne, Charles et Faustine continuent d'y habiter. J'arrive en renfort les week-ends pour les aider. Nous commençons à trier, donner, retrouver, conserver. D'une vie, il reste aussi des objets. Après le départ de Maman, ces biens matériels racontent encore d'autres histoires, ou sont des clins d'œil du passé. Parmi les centaines d'objets que nous avons eus entre les mains, quelques trouvailles nous replongent dans un autre temps, celui de la vie avec Maman. Maigres consolations, ils sont pourtant là pour nous rappeler les souvenirs. Comme des gamins dans un grenier, nous remuons et dénichons les petits trésors de nos vies.

Je retrouve mon assiette d'enfant en porcelaine blanche et rose. Je l'offre à mon amie, Margaux, qui vient d'avoir une petite fille. Et puis, il me vient l'idée que, cette assiette, nous pourrions l'offrir à chacune des copines au moment de la naissance d'une nouvelle fille. Cet objet symbolique serait comme un lien entre chacune d'entre nous.

Quand j'ai vu la trousse de couture de Maman, je me suis dit que c'était un cadeau idéal pour ma meilleure amie, Coralyne, et sa Maman, qui ont créé une entreprise « Mère et fille » depuis 2017. Elles confectionnent des foulards sur-mesure avec plusieurs pièces de tissus. Elles y ajoutent une touche de boutons et de pompons... Dans la panière blanche de Maman, elles trouveront sûrement de quoi agrémenter certaines de leurs créations.

Nous organisons un déjeuner en famille le 19 septembre. C'est une journée ensoleillée et magnifique. Ma filleule commence à regarder dans mes affaires de petite fille. Soudain, elle trouve un de mes cache-chignons qui attise sa curiosité et elle me demande ce que c'est. Je lui raconte mon parcours dans le monde du patinage. Avec ses yeux remplis d'étoiles, elle me demande si j'ai toujours mes paires de patin… Ils ne sont pas très loin, j'ouvre le carton qui les renferme, ma première paire est à sa taille, mes premiers patins deviennent les siens.

Lorenzo, mon neveu, est un petit garçon qui a toujours été très proche de Maman. On ne sait pas l'expliquer, mais il a tout de suite été subjugué par elle. Il vouait une admiration à Tata Claudie. Quand il venait à la maison, il s'asseyait sur le petit tabouret et il jouait avec le piano de Maman. Il a donc hérité de celui-ci.

Mon parrain récupère également deux meubles de famille. Ma marraine quand à elle, deux tréteaux et une planche en bois pour se faire un bureau font son bonheur. Je suis effarée par la quantité de vaisselle que Maman possédait – signe qu'elle adorait faire à manger et recevoir à la maison pour organiser des moments conviviaux.

Elle aimait faire des belles tablées thématiques. Je me souviens d'un Noël où la table était magnifique. Maman savait varier les genres, elle avait ce goût et ce talent pour la décoration.

Il y avait aussi une cloche que Maman avait installée pour sonner l'heure du repas. La propriété était si grande, Maman en avait marre de crier, le fameux « À table ! ». Je décide de l'offrir à mon cousin, Johan et à sa femme, Karla, qui viennent justement d'acheter une maison.

Quand j'arrive devant son dressing, je revois ses chaussures, ses robes, ses accessoires. Une telle profusion de tissus, d'étoffes, de sacs... Elle avait un goût très sûr. Elle allait faire son shopping en boutique. Mais elle aimait aussi chiner. Elle trouvait toujours le petit détail qui finissait ses tenues. Elle suivait ses coups de cœur. Toutes ses affaires seront à la fois données aux œuvres caritatives et vendues lors d'une braderie, ultérieurement organisée en famille – une coutume qui nous a toujours permis de nous réunir.

Parmi toutes ses toilettes, je découvre une robe blanche que je suppose être celle qu'elle a portée lors de son mariage. D'une simplicité élégante en dentelles. C'est bien elle ! Je la retrouve également sur les photographies.

Et dans la maison, sont encore empilées les affaires de Papa. Quand il est décédé, Charles et moi avons voulu conserver certains objets qui le caractérisaient. C'était impossible de se séparer de ses CD, ses vinyles et ses livres.

Les photographies continuent de nous raconter leur vie, elles perpétuent leur souvenir dans nos mémoires. Faustine a été émerveillée en découvrant les cartons de photos. Nous avons tout sorti sur la table. Il y avait un carton que je connaissais déjà, mais un autre que je ne connaissais pas du tout. C'est un plaisir fou de redécouvrir nos vies d'enfant. Et surtout, nous revoyions la vie de Maman quand elle était jeune et la vie de couple de nos parents. Pendant plusieurs heures, nous nous arrêtons et nous ne voyons plus le temps passer. Nous refaisons le monde autour de la table ! Et nous commençons à prendre des photos pour les envoyer à nos proches. Nous admirons aussi les diapositives. Les photos défilent une à une. Sur l'une d'entre elles, je retrouve un gâteau dont j'arrive à me souvenir. Pour le baptême de Charly, Maman avait préparé un tambour, composé de choux à la crème, recouvert de caramel. Et puis, à travers les photos, je découvre que Maman avait fait des charlottes aux fraises pour mon baptême. Lors de ces découvertes, Charles a également choisi une sublime photo de Maman qu'il conserve précieusement. C'est le moment d'emporter une image qui nous évoque le plus son souvenir.

Mon frère a aussi gardé un miroir. Depuis notre enfance, nous avons gardé avec nous ce miroir à chaque emménagement. Il nous a suivis à Vendin-lès-Béthune, dans notre appartement à Béthune et notre maison à Chocques.
Faustine a, elle, conservé quelques pièces que Maman portait. Elles se rejoignaient dans la passion des vêtements. Le style et l'envie de s'apprêter caractérisent le plus Maman dans ses souvenirs.

Nous parlons. Nous nous souvenons déjà ensemble. Chacun peut y aller de sa petite anecdote. Faustine se rappelle le jour où nous sommes arrivées au Canada. Avec Maman, nous avions pris un taxi de l'aéroport avant d'arriver jusqu'à leur maison. Faustine rentrait du travail en bus quand elle nous a aperçues en train de débarquer et de nous avancer pour nous retrouver toutes les trois. Cela lui semblait tellement impossible de nous voir pour Noël. Et pourtant, nous étions là. Ce Noël-là, Maman nous avait réservé une surprise, une balade en chiens de traîneau. Nous avions, chacune notre tour, pris la place du musher ! Il s'en était suivi des fous rires, des chutes, du plaisir à travers les bois dans la neige épaisse avec tous ces chiens. Un Noël magique !

Je me souviens aussi des vacances avec Maman en mai 2016, il n'y a pas si longtemps. Nous avons visité l'étang de Thau et son parc à huîtres, Pézenas et la fameuse route des Antiquaires. Nous nous étions arrêtées dans des domaines pour déguster du bon vin. Et nous avions fini notre périple à Montpellier, une ville de cœur, qui nous avait réunies quelques années auparavant, lors de stages d'été de danse sur glace. Dans mes anecdotes, il y a celles qui sont intrinsèquement liées au patinage. Comment ne pas me souvenir de ces fameuses tenues confectionnées par des couturiers, dont les paillettes étaient à coudre par les parents. Qu'est-ce que nous avons rigolé à ce sujet avec Maman ! Elle y avait passé des milliers d'heures !

Beaucoup d'objets et de photos me rappellent tant de souvenirs. Ils sont désormais gardés, donnés aux uns et aux autres, emballés dans des cartons, en attendant de prochaines transmissions. Nous les avons enlevés progressivement de la maison avant la remise des clefs le 23 décembre. Bien sûr, nous appréhendons le moment où nous allons devoir fermer la porte.

Le dernier jour, nous organisons un petit déjeuner tous ensemble. Nous invitons tout le monde, frère, sœur, cousins, cousines, ceux qui ont toujours été là, pour partager un dernier moment de vie dans la demeure familiale.

Nous fermons la porte. Il est temps de remettre les clefs aux nouveaux propriétaires.

Dès le 1er janvier, nous reprenons le cours de nos vies. Nous avons vécu plusieurs mois à un rythme effréné. L'impression qu'un cycle se termine. Qu'une nouvelle vie commence.

Que dire de plus de Maman ? Les souvenirs sont intarissables. Parmi les caractéristiques de Maman, je retiens encore son odorat très développé. Elle avait la particularité étrange d'avoir les yeux qui avaient changé de couleur avec le temps. Du marron, ils étaient passés au bleu-vert – ceci dû à une dépigmentation. D'elle, il me reste encore le récit de ses habitudes, gravé dans ma mémoire. Quand elle allait travailler, elle adorait ce moment de la journée, où elle traversait la rue Faidherbe de Lille, puis, la Grand'Place, avant d'arriver au bureau. C'était son moment de réflexion, quand elle marchait dans la rue, le corps et le cœur légers.

Elle adorait aussi les quatre saisons de l'année : le printemps pour le soleil doux et ses fleurs ; l'été pour ses soirées chaudes et longues, l'automne, notre saison des anniversaires aux couleurs chaudes, rouge et orange ; l'hiver au froid sec, parsemé de neige et de la magie de Noël.

Chaque jour, je lui reconnais de nouvelles qualités, elle devient cet être éternel qui m'animera toute ma vie – je le sais. Elle était persévérante, ingénieuse, astucieuse, humble, courageuse, bienveillante, drôle, curieuse, avant-gardiste. Elle était dotée d'un esprit très large. Elle rajeunissait avec le temps et nous en rigolions souvent ! Je la revois encore avec son livre sur les plantes, sa bible, signée Rica Zaraï !

Elle pensait aux autres avant de penser à elle-même. J'ai de la chance : des souvenirs de Maman, mon cœur en est rempli. Chaque jour, je peux me remémorer le bien qu'elle nous a prodigué. Elle avait une philosophie de vie que beaucoup admiraient. Elle me berce de cette lumière maternelle dont elle m'a entourée pour toujours. Elle restera vivante dans ma mémoire. Maman, c'est la patience, la douceur, l'optimisme. La joie de vivre.

Lettre ouverte

Sainte-Maxime, 1er juin 2021

Maman,

Je profite de ces quelques jours de congé, pour venir prendre le soleil de la Méditerranée, quelques jours entre cousines, pour nous ressourcer. D'ailleurs, nous sommes à Sainte-Maxime, un endroit qui me rappelle de nombreuses vacances passées avec toi. J'y ai découvert un endroit de paradis, un ancien hangar à bateaux, revisité en studio où nous passons les nuits à la belle étoile avec un petit bout de plage privée, tu aurais adoré !

Voilà plusieurs mois que tu nous as quittés, et j'ai cette étrange sensation que tu es toujours à mes côtés, je sens ton soutien et la force que tu m'apportes jour après jour.

Tu peux être rassurée : Charly et Faustine, après une brève transition dans une jolie maison béthunoise où ils avaient créé leur espace de coworking leur permettant de mener leurs activités respectives, se sont lancés dans une nouvelle aventure lyonnaise. Charly a décroché un poste de vidéaste au sein d'une start-up. Quant à Faustine, elle continue de développer sa boutique en ligne « Lost Things Vintage » avec toute l'éthique qu'elle s'efforce de transmettre. Ils ont aussi adopté une chienne, Dakota, ils voulaient absolument lui donner le nom d'un État américain. Elle est obéissante et vraiment adorable.

J'ai d'ailleurs fait une halte chez eux, ce week-end et une surprise de taille m'y attendait. Faustine est enceinte, Charly va être papa. Si tu nous avais vus, pleurant de joie tous les trois de cette bonne nouvelle. On aurait tellement voulu partager ce moment avec toi.

Ta jolie maison s'est vendue, très vite, la première semaine de la mise en vente. Un jeune couple a eu un coup de cœur, tu peux en être sûre, de très beaux souvenirs vont perdurer dans ce sublime environnement. J'ai tellement eu le cœur serré, quand j'ai vu les yeux de la jeune femme s'émerveiller. On lisait dans son regard tout ce qu'elle y projetait : elle s'y sentait bien, comme une évidence. Ta maison est entre de bonnes mains. Nous avons d'ailleurs signé la vente le 23 décembre, la veille du réveillon de Noël, est-ce un signe ? Pour nous dire : Allez les enfants ! Une nouvelle vie commence pour vous…

Après ton départ, nous avons été confinés une deuxième fois, puis une troisième fois – des confinements moins drastiques que le premier. Nous nous sommes à nouveau organisés autour de cela. J'ai d'ailleurs fini par attraper la COVID, ce qui m'a clouée au lit quelques jours, mais sans gravité. Enfin, quelques mois sont passés et je n'ai toujours pas retrouvé ni le goût ni l'odorat. J'ai tellement hâte de pouvoir à nouveau savourer un morceau de chocolat !

J'ai poursuivi l'écriture de ton livre ; et, comme tu peux le voir, il se termine. J'en ai déjà fixé la date de publication, il paraîtra le 25 octobre 2021, jour de ton anniversaire : tu aurais eu 60 ans. Je m'étais déjà imaginé organiser cette journée de fête : une surprise de taille en rassemblant la famille et tes amis proches autour d'un bon repas, dans ta maison, joliment décorée, où règne une atmosphère si chaleureuse...

Comme tu l'as si bien fait depuis toujours, tu m'as de nouveau orientée et fait découvrir l'écriture. Pendant tes mois de combat, ça a été mon échappatoire, ma thérapie. J'ai tenu ton journal intime et en même temps, je retraçais toute ta vie à travers les souvenirs que tu me racontais.

Puis, plus tard, j'ai rencontré une à une, les personnes qui ont fait partie de ta vie pour pourvoir terminer ces écrits. Une rencontre signifiante a aussi joué un rôle important dans cette réalisation. Camille auteure biographe m'a permis d'être accompagnée dans ce nouvel art. Ce sont les belles rencontres de la vie. D'ailleurs, le jour de notre rencontre, elle portait une aigue-marine, j'ai souri !

Maman, l'un de tes rêves voit enfin le jour, l'histoire de ta vie est posée sur papier. Je suis fière d'avoir accompli cela pour toi.

Je tiens à nouveau à te remercier pour la vie que tu nous as offerte, pour les valeurs que tu nous as inculquées, pour nous avoir toujours donné le sourire, pour nous avoir soutenus et pour nous avoir transmis ta force et surtout ta philosophie de la vie. Tu nous manques énormément.

Nos parrains et marraines ont pris leur rôle très au sérieux, ils prennent soin de nous, tu peux être rassurée.

Je t'entends me dire, comme si tu étais encore là : « Vis, aime, savoure chaque instant ! »

Je poursuis donc la liste de mes envies. Je pars cet été en Andalousie m'exercer à la discipline du yoga, une façon de partir à la rencontre du monde et de moi-même. Et, en septembre, j'entame également une formation qualifiante de yoga.

Après cette longue période de confinement et de couvre-feu, j'ai également eu une envie folle de prendre le large. Je prépare pour le début de l'année 2022 un premier road-trip entre Hawaï, la côte Ouest américaine et Cuba. Plusieurs fois, tu m'as raconté que Papa avait comme rêve de faire le tour du monde. Et si c'était le commencement ? Et si, cette fois, j'accomplissais son rêve ? Et pourquoi pas renouveler l'expérience de l'écriture ?

Je t'envoie mille baisers tout là-haut,
Avec tout mon amour,
Marine

Citations

« S'il faut ouvrir quinze portes pour atteindre ton objectif, ouvre-les, les unes après les autres. »

« Ne manque jamais un instant de bonheur, et savoure-le le plus possible. »

« Rien n'est plus vivant qu'un souvenir. »

« Le bonheur, c'est de savoir apprécier les choses simples de vie. »

Pour toi, Maman, « Tu n'es plus là où tu étais, mais tu es partout où je suis. »

Remerciements

À mon frère, ce héros, d'avoir gardé son calme à chacune des épreuves, sa clairvoyance, son écoute, accompagné de son amie, Faustine.
À sa sœur, Nathalie, pour l'avoir accompagnée quotidiennement.
À son frère, Philippe, présent tel un père protecteur.
À sa Maman, notre mamie, solide comme un roc.
À nos cousines et cousins paternels et maternels, devenus des frères et sœurs de cœur.
À nos parrains et marraines qui ont pris leur rôle à cœur et qui ont accompli et accomplissent toujours leur rôle de parents de cœur.
À l'ensemble des membres de la famille, pour leur présence, leur soutien, leur amour.
Aux ami(e)s les plus fidèles, Coralyne, Pascaline, Marine, Émilie, Margaux, Pauline, Clémentine, Karla, Julie, Franck, Sophie, Frédérique, Misha, Sarah, Romain, Antoine...

Extrait d'un poème amérindien

« Je suis les mille vents qui soufflent,
Je suis les scintillements des cristaux de neige,
Je suis la lumière qui traverse les champs de blé,
Je suis la douce pluie d'automne,
Je suis l'éveil des oiseaux dans le calme du matin,
Je suis l'étoile qui brille dans la nuit ! »

Dépôt légal : octobre 2021